Jakob Michael Reinhold Lenz

Der Waldbruder; ein Pendant zu Werthers Leiden

in Großdruckschrift

 MEGALI

Jakob Michael Reinhold Lenz

Der Waldbruder; ein Pendant zu Werthers Leiden

in Großdruckschrift

Reproduktion des Originals.

1. Auflage 2023 | ISBN: 978-3-38705-850-5

Megali Verlag ist ein Imprint der Outlook Verlagsgesellschaft mbH.

Verlag: Outlook Verlag GmbH, Zeilweg 44, 60439 Frankfurt, Deutschland
Vertretungsberechtigt: E. Roepke, Zeilweg 44, 60439 Frankfurt, Deutschland
Druck: Books on Demand GmbH, In de Tarpen 42, 22848 Norderstedt, Deutschland

DER WALDBRUDER

ein Pendant zu Werthers Leiden

Jakob Michael Reinhold Lenz

Erster Teil

Erster Brief

Herz an seinen Freund Rothe in einer großen Stadt

Ich schreibe Dir dieses aus meiner völlig eingerichteten Hütte, zwar nur mit Moos und Baumblättern bedeckt, aber doch für Wind und Regen gesichert. Ich hätte mir nie vorgestellt, daß dies Klima auch im Winter so mild sein könne. Übrigens ist die Gegend, in der ich mich hingebaut, sehr malerisch. Grotesk übereinander gewälzte Berge, die sich mit ihren schwarzen Büschen dem herunterdrückenden Himmel entgegen zu stemmen scheinen, tief unten ein breites Tal, wo an einem kleinen hellen Fluß die Häuser eines armen aber glücklichen Dorfs zerstreut liegen. Wenn ich denn einmal heruntergehe und den engen Kreis von Ideen, in dem die Adamskinder so ganz existieren, die einfachen und ewig einförmigen Geschäfte und die Gewißheit und Sicherheit ihrer Freuden übersehe, so wird mir das Herz so enge und ich möchte die Stunde verwünschen, da ich nicht ein Bauer geboren bin. Sie sehen mich oft verwundrungsvoll an, wenn ich so unter ihnen herumschleiche und nirgends zu Hause bin, mit ihrem Scherz und Ernst nicht sympathisieren kann, so daß ich mich am Ende wohl schämen und in ihre Form zu passen suchen muß, da sie denn ihren Witz nach ihrer Art meisterhaft über meine Unbehelfsamkeit wissen spielen zu lassen. Alles dies beleidigt mich nicht, weil sie meistens recht haben und ein Zustand wie der meinige durch die äußern Symptome, die er veranlaßt, schon seit Petrarchs Zeiten jedermann zum Gespött dienen muß. Soll ich aber die Wahl haben, so ist mir der Spott des ehrlichen Landmanns immer noch Wohltat gegen das Auszischen leerer Stutzer und Stutzerinnen in den Städten.

Wenn Du einmal einen geschäftfreien Tag hast, so komm zu mir, Du bist der einzige Mensch, der mich noch zuweilen versteht.

Herz.
Zweiter Brief
Fräulein Schatouilleuse an Rothen, der aufs Land gereist war, eine
Frühlingskur zu trinken

Sagen Sie mir doch in aller Welt, wo mag Herr Herz hingekommen sein. Etwa bei Ihnen, so hab ich eine Wette gewonnen. Der Papa sagte heut, er habe seine Bedienung bei der Kanzlei niedergelegt und sei in den Odenwald gegangen, um Waldbruder zu werden. Da lachten wir nun alle, daß uns die Tränen von den Backen liefen, er aber schwur, es sei wahr. Ich schlug gleich eine Wette mit ihm ein, daß er bei Ihnen in Zornau wäre; schreiben Sie mir

4

doch, ob dem so ist, und ich will Ihnen auch viel Neues von ihm sagen, das Sie recht zu lachen machen wird.

Dritter Brief

Herz an Rothen, der dem Boten weiter nichts als einen Zettel mitgegeben,auf dem mit Bleistift geschrieben war:Herz! Du dauerst mich!

Ich danke Dir für Dein zuvorkommendes Mitleid. Das Pressende und Drückende meiner äußern Umstände preßt und drückt mich nicht. Es ist etwas in mir, das mich gegen alles Äußere gefühllos macht.

Du hast vermutlich erfahren, daß mein letztes Geld, das ich aus der Stadt mitgenommen, mir von einem schelmischen Bauren gestohlen worden, der die Zeit abpaßte, als ich unten war, Brot zu kaufen. Aber wozu sollte mir auch das Geld? Wenn ich Mangel habe, gehe ich ins Dorf, und tue einen Tag Tagelöhners Arbeit, dafür kann ich zwei Tage meinen Gedanken nachhängen.

Ich bin glücklich, ich bin ganz glücklich. Ich ging gestern, als die Sonne uns mitten im Winter einen Nachsommer machte, in der Wiese spazieren, und überließ mich so ganz dem Gefühl für einen Gegenstand, der's verdient, auch ohne Hoffnung zu brennen. Das matte Grün der Wiesen, das mit Reif und Schnee zu kämpfen schien, die braunen verdorrten Gebüsche, welch ein herzerquickender Anblick für mich! Ich denke, es wird doch für mich auch ein Herbst einmal kommen, wo diese innere Pein ein Ende nehmen wird. Abzusterben für die Welt, die mich so wenig kannte, als ich sie zu kennen wünschte—o welche schwermütige Wollust liegt in dem Gedanken!

Beständig quält mich das, was Rousseau an einem Ort sagt, der Mensch soll nicht verlangen, was nicht in seinen Kräften steht, oder er bleibt ewig ein unbrauchbarer schwacher und halber Mensch. Wenn ich nun aber schwach, halb unbrauchbar bleiben will, lieber als meinen Sinn für das stumpf machen, bei dessen Hervorbringung alle Kräfte der Natur in Bewegung waren, zu dessen Vervollkommnung der Himmel selbst alle Umstände vereinigt hat. O Rousseau! Rousseau! wie konntest du das schreiben!

Wenn ich mir noch den Augenblick denke, als ich sie das erstemal auf der Maskerade sah, als ich ihr gegenüber am Pfeiler eingewurzelt stand und mir's war, als ob die Hölle sich zwischen uns beiden öffnete und eine ewige Kluft unter uns befestigte. Ach wo ist ein Gefühl, das dem gleichkommt, so viel unaussprechlichen Reiz vor sich zu sehen mit der schrecklichen Gewißheit, nie, nie davon Besitz nehmen zu dürfen. Ixion an Jupiters Tafel hat tausendmal mehr gelitten, als Tantalus in dem Acheron. Wie sie so stand und alles sich um sie herdrängte und in ihrem Glanze badete, und ihr überall gegenwärtiges Auge keinen ihrer Bewunderer unbelohnt ließ. Sieh, Rothe, diese Maskerade war der glücklichste und der unglücklichste Tag meines Lebens. Einmal kam sie nach dem Tanz im Gedränge vor mir zu stehen, als ich eben auf der Bank saß, und als ob ich bestimmt gewesen wäre, in ihren Zauberzirkel zu fallen, so dicht vor mir, daß ich von meinem Sitz nicht aufstehen konnte, ihr meinen Platz anzutragen, denn die Ehrfurcht hielt mich zurück, sie anzureden. Diese Attitüde hättest Du sehen und zeichnen sollen, das Entzücken, so nah bei ihr zu sein, die Verlegenheit, ihr einen Platz genommen zu haben, o es war eine süße Folter, auf der ich diese wenige glückliche Minuten lag.

Wo bin ich nun wieder hineingeraten, ich fürchte mich, alle die Sachen dem Papier anvertraut zu haben. Heb es sorgfältig auf, und laß es in keine unheiligen Hände kommen.

Herz.

Vierter Brief

Fräulein Schatouilleuse an Rothen

Ha ha ha, ich lache mich tot, lieber Rothe. Wissen Sie auch wohl, daß Herz in eine Unrechte verliebt ist. Ich kann nicht schreiben, ich zerspringe für Lachen. Die ganze Liebe des Herz, die Sie mir so romantisch beschrieben haben, ist ein rasendes Qui pro quo. Er hat die Briefe einer gewissen Gräfin Stella in seine Hände bekommen, die ihm das Gehirn so verrückt haben, daß er nun ging und sie überall aufsuchte, da er hörte, daß sie in angekommen sei, um an den Winterlustbarkeiten teilzunehmen. Ich weiß nicht, welcher Schelm ihm den Streich gespielt haben muß, ihm die Frau von Weylach für die Gräfin auszugeben, genug, er hat keinen Ball versäumt, auf dem Frau von Weylach war, und ist überall wie ein Gespenst mit großen stieren Augen hinter ihr hergeschlichen, so daß die arme Frau oft darüber verlegen wurde. Sie bildet sich auch wirklich ein, er sei jetzt noch verliebt in sie, und ihr zu Gefallen in den Wald hinausgegangen. Sie hat es meinem Vater gestern erzählt. Melden Sie ihm das, vielleicht bringt es ihn zu uns zurück und wir können uns zusammen wieder weidlich lustig über ihn machen. Er muß recht gesund geworden sein auf dem Lande. Ich wünscht' ihn doch wieder zu sehen.

Fünfter Brief

Rothe an Herz

Aber, Herz, bist Du nicht ein Narr, und zwar einer von den gefährlichen, die, wie Shakespeare sagt, für ihre Narrheit immer eine Entschuldigung wissen und folglich unheilbar sind. Ich habe Dir aus Fräulein Schatouilleusens Brief begreiflich gemacht, daß Dein ganzer Troß von Phantasei irregegangen wäre, daß Du eine andere für Deine Gräfin angesehen hättest, und Du willst doch noch nicht aus Deinem Trotzwinkel zu uns zurück. Du seist nicht in ihre Gestalt verliebt gewesen, sondern in ihren Geist, in ihren

Charakter, Du könntest Dich geirrt haben, wenn Du zu dem eine andere Hülle aufgesucht hättest, aber der Grund Deiner Liebe bleibe immer derselbe und unerschütterlich. Solltest Du aber nicht wenigstens, da Du doch durchaus einer von denen sein willst, die mit Terenz insanire cum ratione volunt durch Abschilderung dieses Charakters, dieses Geistes das Abenteuerliche Deiner Leidenschaft bei Deinem Freunde zu rechtfertigen suchen? Vielleicht könntest Du hierin ebensowohl eines Irrtums überwiesen werden, als in jenem, und dafür scheint es, ist Dir bange.

Alle Deine Talente in eine Einsiedelei zu begraben—Und was sollen diese Schwärmereien endlich für ein Ende nehmen? Höre mich, Herz, ich gelte ein wenig bei den Frauenzimmern, und das bloß, weil ich leichtsinnig mit ihnen bin. Sobald ich in die hohen Empfindungen komme, ist's aus mit uns, sie verstehen mich nicht mehr, so wenig als ich sie, unsere Liebesgeschichten haben ein Ende. Ich schreibe Dir dies nicht, Dich in Deinem Vorhaben wankend zu machen, ich weiß, daß Du einen viel zu originellen Geist hast, um Deine Eigentümlichkeit aufgeben zu wollen, aber ich sage Dir nur, wie ich bin, ich klage Dir meine kleinen Empfindungen auf der Querpfeife, wie Du Deine auf dem Waldhorn. Siehst Du, so bin ich in einer beständigen Unruhe, die sich endlich in Ruhe und Wollust auflöst und dann mit einer reizenden Untreue wechselt. So wälze ich mich von Vergnügen auf Vergnügen, und da kommen mir Deine Briefe eben recht, unsern eingeschrumpften Gesellschaften Stoff zum Lachen zu geben. Es sticht alles so schrecklich mit unsrer Art zu lieben ab. Nun lebe wohl und besinne Dich einmal eines Bessern.

Rothe.

Sechster Brief

Herz an Rothe

Das einzige, was mir in Deinem letzten Briefe erträglich war, ist die Stelle, da Du eine Abschilderung von dem Charakter des Gegenstandes meiner einsamen Anbetung wünschtest, das übrige habe ich nicht gelesen. Zwar scheint auch in diesem Wunsch nur die Bosheit des Versuchers durch, der dadurch, daß er mein Geheimnis aus meinem Herzen über die Lippen lockt, mir dasselbe gern gleichgültiger machen möchte. Aber sei es, es soll Dir dennoch genug geschehen. Zwar weiß ich wohl, wie vielen Schaden ich ihr durch meine Beschreibungen tue, aber dennoch wirst Du, wenn Du klug bist und Seele hast, Dir aus meinem Gestotter ein Bild zusammensetzen können.

Denke Dir alles, was Du Dir denken kannst, und Du hast nie zu viel gedacht—doch nein, was kannst Du denken? Die Erziehung einer Fürstin, das selbstschöpferische Genie eines Dichters, das gute Herz eines Kindes, kurzum alles, alles beisammen, und alle Deine Mühe ist dennoch vergeblich, und alle meine Beschreibungen abgeschmackt. So viel allein kann ich Dir sagen, daß Jung und Alt, Groß und Klein, Vornehm und Gering, Gelehrt und Ungelehrt, sich herzlich wohl befinden, wenn sie bei ihr sind, und jedem plötzlich anders wird, wenn sie mit ihm redt, weil ihr Verstand in das Innerste eines jeden zu dringen, und ihr Herz für jede Lage seines Herzens ein Erleichterungsmittel weiß. Alles das leuchtet aus ihren Briefen, die ich gelesen habe, die ich bei mir habe und auf meinem bloßen Herzen trage. Sieh, es lebt und atmet darinnen eine solche Jugend, so viel Scherz und Liebe und Freude, und ist doch so tiefer Ernst, die Grundlage von alledem, so göttlicher Ernst—der eine ganze Welt beglücken möchte!

Siebenter Brief

Rothens Antwort

Dein Brief trägt die offenbaren Zeichen des Wahnsinns, würde ein andrer sagen, mir aber, der ich Dir ein für allemal durch die Finger sehe, ist er unendlich lieb. Du bist einmal zum Narren geboren, und wenigstens hast Du doch so viel Verstand, es mit einer guten Art zu sein.

Ich lebe glücklich wie ein Poet, das will bei mir mehr sagen, als glücklich wie ein König. Man nötigt mich überall hin und ich bin überall willkommen, weil ich mich überall hinzupassen und aus allem Vorteil zu ziehen weiß. Das letzte muß aber durchaus sein, sonst geht das erste nicht. Die Selbstliebe ist immer das, was uns die Kraft zu den andern

Tugenden geben muß, merke Dir das, mein menschenliebiger Don Quischotte! Du magst nun bei diesem Wort die Augen verdrehen, wie Du willst, selbst die heftigste Leidenschaft muß der Selbstliebe untergeordnet sein, oder sie verfällt ins Abgeschmackte und wird endlich sich selbst beschwerlich.

Ich war heut in einem kleinen Familienkonzert, das nun vollkommen elend war und in dem Du Dich sehr übel würdest befunden haben. Das Orchester bestand aus Liebhabern, die sich Taktschnitzer, Dissonanzen und alles erlaubten und Hausherr und Kinder, die nichts von der Musik verstunden, spähten doch auf unsern Gesichtern nach den Mienen des Beifalls, die wir ihnen reichlich zumaßen, um den guten Leuten die Kosten nicht reu zu machen. Nicht wahr, das würde Dir eine Folter gewesen sein, Kleiner? besonders da seine Töchter mit den noch nicht ausgeschrienen Singstimmen mehr kreischend als singend uns die Ohren zerschnitten. Da in laute Aufwallungen des Entzückens auszubrechen und bravo, bravissimo zu rufen, das war die Kunst—und weißt Du, womit ich mich entschädigte? Die Tochter war ein freundlich rosenwangigtes Mädchen, das mich für jede Schmeichelei, für jede herzlichfalsche Lobeserhebung mit einem feurigen Blick bezahlte, mir auch oft dafür die Hand und wohl gar gegen ihr Herz drückte, das hieß doch wahrlich gut gekauft. Ich weiß, Du knirschest die Zähne zusammen, aber mein

Epikureismus führt doch wahrhaftig weiter, als Dein tolles Streben nach Luft- und Hirngespinsten. Ich weiß, das Mädchen denkt doch heute den ganzen Abend mit Vergnügen an mich, warum soll ich ihr die Freude nicht gönnen, daß sie sich mit den Gedanken an mich zu Bette legt.

Willst Du's auch so gut haben, komm zu uns, ich will gern die zweite Rolle spielen, wenn ich Dich nur zum brauchbaren Menschen machen kann. Was fehlte Dir bei uns? Du hattest Dein mäßiges Einkommen, das zu Deinen kleinen Ausgaben hinreichte, Du hattest Freunde, die Dich ohne Absichten liebten, ein Glück, das sich Könige wünschen möchten, Du hattest Mädchen, die an kleinen Netzen für Dein Herz webten, in denen Du Dich nur so weit verstricktest, als sie Dir behaglich waren, hernach flogst Du wieder davon und sie hatten die Mühe, Dir neue zu weben. Was fehlte Dir bei uns? Liebe und Freundschaft vereinigten sich, Dich glücklich zu machen, Du schrittst über alles das hinaus in das furchtbare Schlaraffenland verwilderter Ideen!

Nichts lieblicher als die Eheknoten, die für mich geschlungen werden und an denen ich mit solcher Artigkeit unten weg zu schleichen weiß. Denk, was für ein Aufwand von Reizungen bei alle den Geschichten um mich her ist, welch eine Menge Charaktere sich mir entwickeln, wie künstliche Rollen um mich angelegt und wie meisterhaft sie gespielt werden. Das ergötzt meinen innern Sinn unendlich, besonders weil ich zum voraus weiß, daß sich die Leute alle an mir betrügen, um mir hernach doch nicht einmal ein böses Wort darum geben dürfen. So gut würde Dir's auch werden, wenn Du mir folgtest; wäre doch besser, unter blühenden und glühenden Mädchen in Scherz und Freude und Liebkosungen sich herumzuwälzen, als unter deinen glasierten Bäumen auf der gefrornen Erde. Was meinst Du, Herz? Lachst Du? Narr, wenn Du lachen kannst, so ist alles gewonnen.

Achter Brief

Antwort Herzens an Rothen

Deine Briefe gefallen mir immer mehr und mehr, obschon ich Deine
 Ratschläge immer mehr und mehr verabscheue, und das bloß, weil der
 Ton in denselben mit dem meinigen so absticht, daß er das
 verdrüßliche Einerlei meines Kummers auf eine pikante Art unterbricht.
 Fahre fort, mir mehr zu schreiben, es ist mir alles lieb, was von
 Dir kommt, sollte mir's auch noch so viel Galle machen.

Sei glücklich unter Deinen leichten Geschöpfen, und laß mir meine Hirngespinste. Ich erlaub es euch sogar, über mich zu lachen, wenn euch das wohltun kann. Ich, lache nicht, aber ich bin glücklicher als ihr, ich weide mich zuweilen an einer Träne, die mir das süße Gefühl des Mitleids mit mir selbst auf die Wange bringt. Es ist wahr, daß ich alles hier begrabe, aber eben in dieser Aufopferung findt mein Herz eine Größe, die ihm wieder Luft macht, wenn seine Leiden zu schwer werden. Niemanden im Wege— welch eine erhabene Idee! ich will niemanden in Anspruch nehmen, niemand auch nur einen Gedanken kosten, der die Reihe seiner angenehmen Vorstellungen unterbricht. Nur Freiheit will ich haben, zu lieben, was ich will, und so stark und dauerhaft, als es mir gefällt. Hier ist mein Wahlspruch, den ich in die Rindentüre meiner Hütte eingegraben:

Du nicht glücklich, kümmernd Herz? Was für Recht hast du zum Schmerz? Ist's nicht Glück genug für dich, Daß sie da ist, da für sich?

Neunter Brief

Rothe an Herz

Wenn wir uns lange so fortschreiben, so geraten wir beide in eine GeschwÄtzigkeit, die zu nichts fÜhrt. Du willst unterhalten sein und ich kann und mag Dich nicht unterhalten. Alles was ich Dir schrieb, war, um Dich zurückzubringen, willst Du nicht, so laß bleiben, kurz und gut. Alle Deine Klagen und Leiden und Possen helfen Dir bei uns zu nichts, wir Deine wahren Freunde und Freundinnen und alle Vernünftigen—verzeih mir's, was kÖnnen wir anders tun—lachen darüber—ja lachen entweder Dich aus der Haut und der Welt hinaus—oder wieder in unsre bunten Kränzchen zurück.

Du tätest also besser, wenn Du mir nicht mehr schriebest. Ich komme nicht zu Dir, das hab ich verschworen. Aber ich erwarte Dich bei mir, wenn Du mich wieder einmal zu sehen Lust hast.

Rothe.

Die Antwort auf diesen Brief blieb aus.

Zehnter Brief

Honesta an den Pfarrer Claudius, einen ihrer Verwandten auf dem Lande

Wissen Sie auch wohl, daß wir hier einen neuen Werther haben, noch wohl schlimmer als das, einen Idris, der es in der ganzen Strenge des Worts ist, und zu der Nische, die Herr Wieland seinem Helden am Ende leer gelassen hat, mit aller Gewalt ein lebendes Bild sucht. Kurz, es ist der junge Herz, den Sie bisweilen in unserm Hause müssen gesehen haben, er war sehr einschmeichelnd beim Frauenzimmer, aber immer in seinen Ausdrücken etwas romantisch, welches mir um soviel besser gefiel. Er hat im ganzen Ernst seine Bedienung niedergelegt, und ist in den Odenwald gegangen und Einsiedler geworden. Jedermann redt davon und bedaurt das Unheil, das solche Schriften anrichten. Ich aber behaupte, daß der Grund davon in seinem Herzen liegt, und daß er auch ohne Werther und Idris das geworden wäre, was er ist.

Die Person, die er liebt, ist eine Gräfin, die in der Tat ein rechtes Muster aller Vollkommenheiten ist, wie man sie mir beschrieben hat. Sie tanzt wie ein Engel, zeichnet, malt nach dem Leben, spricht alle Sprachen, ist mit jedermann freundlich und liebreich, kurz, sie verdient es wohl, daß eine Mannsperson um sie den Kopf verliert. Alle ihre Stunden sollen so eingeteilt sein, daß sie niemalen müßig ist, sie unterhält allein eine Korrespondenz, wozu mancher Staatsminister nicht Sekretärs genug finden würde, und die Briefe schreibt sie alle während der Zeit, da sie frisiert wird, auf der Hand, damit sie ihr von ihren übrigen Beschäftigungen nicht Zeit wegnehmen. Es muß ein liebes Geschöpf sein, sie soll von dem Unglück des armen Herz gehört haben, und darüber untröstlich sein, denn sie hat ein Gemüt, das nicht gern ein Kind beleidigen möchte. Er hat einige von ihren Briefen in die Hände bekommen, die sie während ihres Aufenthalts auf dem Lande an die Witwe Hohl hier geschrieben hatte. Sie wissen doch die Witwe Hohl in der Laubacherstraße in dem großen roten Hause. Herz soll bei ihr logiert haben. Das seltsamste ist, daß er seinen Abgott noch nicht von Person kennt, obschon er alles angewandt, sie zu sehen zu kriegen. Er hat eine andere für sie angesehen und also eine ganz falsche Vorstellung von ihr in seine Zelle mitgenommen.

Die Fräulein Schatouilleuse kennt die Gräfin auch, weil sie oft in ihr Haus kommt, will aber nicht viel Gutes von ihr sagen. Sie meint, sie affektiere entsetzlich, nun ist das ganz natürlich, weil ihre Art zu denken von jener ihrer himmelweit unterschieden sein muß.

Man sagt, die Gräfin wolle an den armen Herz schreiben, um ihn vielleicht wieder zurecht zu bringen. Ich habe nicht Zeit, Ihnen mehr zu sagen, obgleich ich sonst so ungern weiß Papier übriglasse. Unser Haus ist voll Fremde, die zur Ostermesse gekommen sind. Wenn Sie doch auch auf einige Tage herein könnten. Der wunderliche Herr Hokum ist auch da.

Honesta.

Eilfter Brief

Herz an Rothen

Ich bin untröstlich, daß meine Einsiedlerei eine Fabel der Stadt wird. Gestern sind eine Menge Leute aus ** hier gewesen, die mich sehen und sprechen wollten, und mir einigemal zwar unter vielen andern den Namen derjenigen genannt haben, die ich den Wänden meiner Hütte und den leblosen Bäumen kaum zu nennen das Herz habe. Sollte etwas davon laut geworden sein, und durch Dich, Verräter? Du weißt allein, wer es ist, und wieviel mir daran gelegen, daß ihr Name auf den Lippen der

Unheiligen nicht in meiner Gesellschaft ausgesprochen werde.

Auf diesen Brief erfolgte keine Antwort.

Zwölfter Brief

Ich schreibe Dir dieses, obschon Du's nicht verdienst. Aber ich kann nicht, ich kann die Freude über alle mein Glück nicht bei mir behalten. Und da ich sonst gewohnt war, mein Herz gegen Dich zu öffnen—Wisse alles, Rothe, sie kennt mich, sie weiß, daß ich um ihrentwillen hier bin, wer muß ihr das gesagt haben?

Gestern konnt' ich's fast nicht aushalten in meiner Hütte. Alles war versteinert um mich, und ich habe die Kälte in der härtesten Jahrszeit in meinem Vaterlande selbst nicht so unmitleidig gefunden. Ich nahm mir das Eis aus den Haaren, und es war mir nicht möglich, Feuer anzumachen; ich mußte also ziemlich spät ins Dorf hinabgehen, mich zu wärmen.

Stelle Dir das Entzücken, die Flamme vom Himmel vor, die meine ausgequälte Seele durchfuhr, als ich auf einmal Fackeln vor einem Schlitten auf mich zu kommen und bei deren Schein die Liverei meiner angebeteten Gräfin sah. Ich hielt sie dafür, ich betrog mich nicht. Sie war es, sie war es selbst, nicht die, die ich auf dem Ball gesehen, aber mein Herz sagte mir's, daß sie es sei, denn als sie mich sah, sie sah scharf heraus, hielt sie den Muff vor das Gesicht, um die

Bewegungen ihres Herzens zu verbergen. Und wie groß, wie sprachlos war meine Freude, als ich hernach im Dorf hörte, sie habe sich durch ihre Bedienten nach einem gewissen Waldbruder erkundigen lassen, der hier in der Nähe wohnte.

Ich, so lebhaft gegenwärtig in ihrem Andenken—und in dieser Kälte kam sie heraus, mich zu sehen—wenn es auch nur Spazierfahrt war, wie glücklich, daß meine Hütte sie auf diesen Weg locken mußte—vielleicht kann ich sie noch einmal sehen und sprechen.—Rothe! Gibt's eine höhere Aussicht für menschliche Wünsche?

Brief

der Gräfin Stella an Herz

Mein Herr! ich habe ihren Zustand erfahren, er dauert mich. Von ganzem Herzen wünschte ich Unmöglichkeiten möglich zu machen. Indessen kommen Sie nach der Stadt, und wenn Ihnen damit ein Gefallen geschehen kann, mich zu sehen und zu sprechen, wie Herr Rothe mir versichert hat, so hoffe ich, es soll sich bei Ihrer Freundin, der Witwe Hohl, schon Gelegenheit dazu finden. *Stella.*

Zweiter Teil

Erster Brief

Herz an Rothen, der in Geschäften nach Braunsberg gereist war

Da bin ich wieder, mein Wohltäter! in allem Rosenschimmer des Glücks und der Freude. Rothe! Rothe! was bist Du für ein Mensch. Wie hoch über den Gesichtskreis meines Danks hinaus! Ich habe auch nicht Zeit, das alles durchzudenken, wie Du mich geschraubt und geschraubt hast, mich wieder herzukriegen, mich über alle Hoffnung glücklich zu machen—ich kann's nur fühlen und schaudern, indem ich Dir in Gedanken Deine Hände drücke. Ja ich habe sie gesehen, ich habe sie gesprochen—Dieser Augenblick war der erste, da ich fühlte, daß das Leben ein Gut sei. Ja ich habe ihr vorgestammelt, was zu sagen ich Ewigkeiten gebraucht haben würde, und sie hat mein unzusammenhängendes Gewäsch verstanden. Die Witwe Hohl, Du kennst die Plauderin, glaubte allein zu sprechen, und doch waren wir es, wir allein, die, obgleich stumm, uns allein sprechen hörten. Das läßt sich nicht ausdrücken. Alles was sie sagte, war an die Witwe Hohl gerichtet, alles was ich sagte, gleichfalls und doch verstand die Witwe Hohl kein Wort davon. Ich bekam nur Seitenblicke von ihr, und sie sah meine Augen immer auf den Boden geheftet und doch begegneten unsere Blicke einander und sprachen ins Innerste unsers Herzens, was keine menschliche Sprache wird ausdrücken können. Ach als sie so auf einmal das Gesicht gegen das Fenster wandte, und indem sie den Himmel ansah, alle Wünsche ihrer Seele auf ihrem Gesicht erschienen—laß mich, Rothe, ich entweihe alles dies durch meine Umschreibungen.

Zweiter Brief

Nun ist es wunderbar, welch einen hohen Platz die Witwe Hohl in meinem Herzen einnimmt. Du weißt, welch eine Megäre von Angesicht sie ist, und doch kann ich mich in keiner einzigen Frauenzimmergesellschaft so wohl befinden als in ihrer. Ich verschwende Liebkosungen auf Liebkosungen an sie, und das nicht aus Politik, sondern aus wahrer herzlicher Ergebenheit, denn es scheint mir, daß sie wie Moses von dem Gesicht meiner Göttin einen gewissen Schimmer erhalten hat, der sie um und um zur Heiligen macht. Alle ihre Handlungen scheinen mir Abschattungen von den Handlungen meiner Gräfin, alle ihre Worte Nachhälle von den ihrigen. Wenn sie von ihr redt, bekommt auch in der Tat ihr Medusenkopf gefälligere Mienen, eine gewisse himmlische Heiterkeit blitzt aus ihren Augen und ihre Reden erhalten alle eine gewisse Melodie in ihrem Munde, über die sie sich selbst zu wundern scheint. Sie redt deswegen gern von ihr. Und wer ist glücklicher dabei als ich? Zugleich habe ich an ihr gemerkt, daß sie keine gemeine Gabe des Vortrages hat. Besonders kann sie einen Charakter mit wahrer poetischer Kraft darstellen. Es scheint mir, daß Frauenzimmer ihrer Art immer dadurch vor den schönen und artigen gewinnen, daß sie in einer gewissen Entfernung von den Leuten abstehen, die ihren Gesichtspunkt, aus dem sie sie auffassen, immer unendlich richtiger macht. Sie sehen alles ganz, was andere nur halb sehen. Kurzum, ich liebe sie, diese Olinde.

Dritter Brief

O Rothe! hundertmal fällt mir die Frau ein, die in einer katholischen Kirche gesessen, wo sie von der lateinischen Predigt kein Wort verstand, außer einem gewissen Namen, der ihre Andacht erhielt, und dem zu Gefallen sie allein in die Kirche kam.

Du weißt, daß ich, um mich hier zu erhalten, weil ich meinen Dienst niedergelegt, den ganzen Tag informieren muß. Es mattet mich ein wenig ab, allen den verschiedenen Köpfen auf so verschiedene Art faßlich zu werden. Den Abend geh ich zur Erholung zur Witwe Hohl hinauf und wenn ich auch weiter nichts als den Namen einer gewissen Person aussprechen höre, so ist mir doch gleich wieder so wohl und kann mich so vergnügt zu Bette legen.

Vierter Brief

Ich sehe, ich sehe, daß sich die Witwe Hohl an mir betrügt. Aber laß sie, es ist ihr doch auch wohl dabei, und da es in meinem Vermögen nicht steht, einen Menschen auf der Welt durch Handlungen glücklich zu machen, so soll es mich wenigstens freuen, eine Person, die auf dieser Art der Glückseligkeit in der Welt schon Verzicht getan hatte, wenigstens durch ihre eigene Phantaseien glücklich gemacht zu haben. Unter uns, sie glaubt in der Tat, ich liebe sie. Noch mehr, auch andere Leute glauben's, weil ich ihr so standhaft den Hof mache. Ich liebe sie auch wirklich, aber nicht wie sie geliebt sein will.

Es wird mir fast zu lange, daß ich die Gräfin nicht sehe. Nirgends, nirgends ist sie anzutreffen. Und die ewige Sisyphus-Arbeit meiner täglichen Arbeiten ohne die mindeste Freude und Erholung ermattet sehr. Wenn ich nur durch alle meine Mühe noch was ausrichtete. Ich zerarbeite mich an Leuten, die träger als Steine sind und die, was das schlimmste ist, mich mit den bittersten Vorwürfen kränken, daß sie bei mir nicht weiterkommen können. Witwe Hohl spricht auch kein Wort von der Gräfin mehr.

Fünfter Brief

Fräulein Schatouilleuse an Rothen

Was T—, machen Sie denn so lange auf dem Lande, das ist ja nicht auszuhalten. Ihr Herz, den kriegt ja kein Mensch zu sehen, noch zu genießen, den hat die Witwe Hohl vermutlich an ihrem Bettstollen angebunden. Es ist doch schändlich, daß der Mensch ihr so hündisch getreu ist, da sie ihn offenbarlich hintergeht.

Wissen Sie auch was Neues, Rothe, recht was Neues, daß die Gräfin Stella Braut ist und das mit einem garstigen alten Mann, der aber viel Geld hat. Diese Nachricht, versichert, wird Herrn Herzen übel schmecken. Wenn er sie nur nicht gar zu plump erfährt, ich glaube, er erschießt sich.

Wissen Sie mir nicht zu sagen, ob man in Braunsberg gute weiche
 Flockseide bekommt? Und was dort die Chinesischen Blumen gelten.
 Bringen Sie mir welche mit, die Leute hier sind judenmäßig teuer.

Sechster Brief

Herz an Rothen

Bruder! es ist etwas auf dem Tapet, ich bin der glücklichste unter allen Sterblichen. Die Gräfin—kaum kann ich es meinen Ohren und Augen glauben—sie will sich mir malen lassen. O unbegreiflicher Himmel! wie väterlich sorgst du für ein verlaßnes verlornes Geschöpf. Meine letzten harrenden und strebenden Kräfte waren schon ermattet, ich erlag—ich richte mich wieder auf, ich stehe, ich eile, ich fliege—fliege meinen großen Hoffnungen entgegen.

Siebenter Brief

Witwe Hohl an die Gräfin Stella

Ich habe endlich ein Mittel ausfindig gemacht, liebe Gräfin, das Bild, das Sie Herrn Rothen in seine Sammlung von Gemälden versprochen haben, ihm ohne daß es ein Mensch auf der Welt merkt für wen, zu verschaffen. Mein Freund Herz ist in genauer Verbindung mit einem hiesigen Maler, dieser soll, als ob ich ihn heimlich durch Herzen hätte bestellen lassen, Sie unvermutet auf meinem Zimmer überraschen, Sie müssen sich ein wenig erschrocken stellen, ich bitte Sie sodann um Verzeihung und sage, weil Sie bald weg von hier zu reisen gedächten, hätt' ich mir die Gelegenheit zunutz machen wollen, bei Ihrem letzten Besuch wenigstens Ihr Bild auf der Stube zu behalten. Herz hat mir alles dies selbst so angegeben, und Sie können sich auf ihn verlassen, daß er alles so beim Maler einrichten wird, daß Sie auf keine Weise dadurch kompromittiert werden.

Achter Brief

Herz an Rothen

Eben erhalte ich einen wunderbaren Brief von einem Obristen in hessischen Diensten, der ehmals mit mir in

Leipzig zusammen studiert hat, und mir die Stelle als Adjutant bei ihm anträgt, wenn ich ihn nach Amerika begleiten will. Wie, Rothe! dieser Sprung aus dem Schulmeisterleben auf die erste Staffel der Leiter der Ehre und des Glücks, der Himmelsleiter, auf der ich alle meine Wünsche zu ersteigen hoffe. Was sagst Du dazu? Und ihr Bild nehme ich mit. Mit diesem Talisman in tausend bloße Bajonetter zu stürzen—Ha, Rothe, daß Du fühlen könntest, wie mir das Herz schlägt! Künftige Woche läßt sie sich malen. O die großen Akkorde des Schicksals, des göttlichgütigen Schicksals, dem wir in den umwölkten Stunden durch unsere Verwünschungen soviel Unrecht tun. Hörst Du sie nicht auch? segnest Du sie nicht auch? Wie sich alles, alles vereinigt, alles vereinigen muß— Warum antwortest Du mir denn nicht?

Neunter Brief

Rothe an den Obristen von Plettenberg

Hier überschick ich Ihnen, mein Gönner! einen mir auf mein Gewissen anvertrauten Brief Ihrer Gräfin Nichte. Es deucht mir, er enthalte eine nochmalige Vorbitte für den armen Herz, für dessen Schicksal in Amerika ihr bange ist. Er ist in der Tat nicht zum Soldaten gemacht, so sehr er sich's zu sein einbildet. Wäre es nicht möglich, daß Sie ihn dem Kurfürsten zu ** empfehlen könnten, zu der erledigten Hofjunkerstelle. Ich werde ihn Ihnen selber nach Zelle bringen und über verschiedene Umstände seines Herkommens und seiner bisherigen Schicksale Ihnen mündlich nähere Aufschlüsse geben.

Zehnter Brief

Herz an Rothe

Ewige Wonne ruhe auf diesem Tage und unter dem Schimmer des rosenlächelnden Himmels müssen sich an demselben zwo große Seelen, die das unerbittliche Schicksal lang voneinander trennte, im höchsten Taumel der Liebe küssen.

Laß mich zu mir selber kommen, Rothe, ich kann nicht reden—kann die Gefühle nicht ausdrücken—aber wenn es je Entzücken auf Erden gibt, so war es das. Sie wiederzusehn—nach so langem Schmachten—so wiederzusehn—siehst Du, alle die Wonne schneidt mir ins Herz, ich sitze da, halb ohne Atem, alle meine Pulse hüpfen, zittern für Freude und eine wollüstige Träne über die andere stürzt sich aus meinen Augen herab.

Die Geschichte dieses Tages—daß Du doch das alles nicht gesehen hast! Wie kann ich's erzählen? Ich kam mit dem Maler. Nein, ich schickte den Maler voraus und nach einem Weilchen kam ich nach. Sie saß ihm schon—saß da in aller ihrer Herrlichkeit—und ich konnte mich ihr gegenüberstellen und mit nimmersatten Blicken Reiz für

Reiz, Bewegung für Bewegung einsaugen. Das war ein Spiel der Farben und Mienen! Wenn der Himmel mir in dem Augenblick aufgetan würde, könnt' er mir nichts Schöners weisen. Das Vergnügen funkelte aus ihren Augen, o welch eine elysische Jugend blühend und düftend auf ihren Wangen, ihr Lächeln zauberte mir die Seele aus dem Körper in das weite Land grenzenloser Chimären. Und ihr Busen, auf dem sich mein ehrfurchtsvoller Blick nicht zu verweilen getraute, den Güte und Mitleid mir entgegenhob—Bruder, ich möchte den ganzen Tag auf meinem Angesicht liegen, und danken, danken, danken—

Eilfter Brief

Herz an Rothen

Welch ein schreckliches Ungewitter hat diesen himmlischen Sonnenschein abgelöst! Rothe, ich weiß nicht, ob ich noch lebe, ob ich noch da bin oder ob alles dies nur ein beängstigender Traum ist. Auch Du ein Verräter—nein, es kann nicht sein. Mein Herz weigert Sich, die schrecklichen Vorspiegelungen meiner Einbildungskraft zu glauben und doch kann ich mich deren nicht erwehren. Auch Du, Rothe—nimmermehr!

Schick mir das Bild zurück, oder ich endige schrecklich. Du mußt es nun haben, dieses Bild, und mit blutiger Faust werde ich's zurückzufodern wissen, wenn Du mir's nicht in gutem gibst.

Dein Stillschweigen, Dein geheimnisvolles Wesen gegen mich—gegen mich, Rothe—bedenke, was das sagen will—nein doch, ich kann es, kann es nicht glauben. Du kannst Dich eines so schwarzen Complots nicht schuldig gemacht haben.

Ich will Dir alles erzählen, aber ich fodere von Dir, daß Du mir
 Aufrichtigkeit mit Aufrichtigkeit belohnst.

Ich flog den Nachmittag, sobald meine Informationen vorbei waren, zur Witwe Hohl hinauf—kannst Du Dir vorstellen, mit welchen Empfindungen? Ich wollte ihre beide Hände unbeweglich an meine Lippen drücken, mich auf die Knie vor ihr werfen, und ihr mit Blicken und Tränen für alle das Vergnügen danken, das sie mir den Vormittag verschafft hatte. Aber Gott! wie ward mir das versalzen? Ich fand sie—zu Bette. Mit der wahren Stimme einer Verzweifelnden redte sie mich an: "Unglücklicher, fort von mir! was wollt Ihr bei mir"—"Was ist Ihnen, beste Witwe Hohl"—"Seht da Euer Werk, Verräter"—"Ich schuld an Ihrer Krankheit"—"Ja schuld an meinem Tode"—"Wodurch"—"Fragt Euer Herz, Bösewicht!"

Ich war für Wut außer mir, ich fing an zu bitten, ich fing an zu schmeicheln, zu weinen, zu schwören—Welche grausame Verwirrungen hatte unser Mißverstand angerichtet, oder vielmehr meine Nachlässigkeit, sie eher aus ihrem Irrtum zu reißen. Sie war über mein Betragen den Vormittag eifersüchtig geworden—sie eifersüchtig—nie hatte ich mir das träumen lassen. Hätte sie doch nur einmal während der ganzen Zeit unserer Bekanntschaft in den Spiegel gesehen, wieviel Leiden hätte sie sich ersparen können! Indessen, der Mensch sucht seine ganze Glückseligkeit im Selbstbetrug. Vielleicht betrüge ich mich auch. Sei es was es wolle, ich will das Bild wieder haben, oder ich bringe mich um.—Nun kommt das Schlimmste erst. Ich hatte ihr gesagt, ich würde Dir das Bild zuschicken, weil ich wirklich glaubte, die Gräfin hätte vielleicht gewünscht, daß Du es auch vorher sehen solltest, eh' ich's nach Amerika mitnähme. Jetzt sagte sie mir, daß ich die Gräfin aufs grausamste und unverzeihlichste beleidigen würde, wenn ich ihr nicht mit einem Eide verspräche, Dir das Bild zuzuschicken und es nimmer wiederzufodern—"Es nimmer wiederzufodern", sagte ich, "wie können Sie das verlangen"—"Ja das verlange ich", sagte sie, "und zwar auf Ordre der Gräfin, denn das erste ist schon geschehen."

Nun stelle Dir vor, sie hatte während meiner Abwesenheit mein Zimmer vom Hausherrn aufmachen lassen, und das Bild herausgenommen. Ich hatte mir vorgesetzt, davon eine Kopei nehmen zu lassen und sie Dir zuzusenden, das Original aber für mich zu behalten, weil des Malers Hand dabei sichtbarlich von einer unsichtbaren Macht geleitet ward und ich das, was die Künstler die göttliche

Begeisterung nennen, wirklich da arbeiten gesehen habe—
und nun—ich hätte sie mit Zähnen zerreißen mögen—alles
fort—Rothe, das Bild wieder, oder den Tod!

Dazu kommt noch, daß ich übermorgen reisen soll. Ich
wünschte, ich könnte Dich abwarten. Schick nur, wenn Du
selbst nicht kommen kannst, das Bild an Fernand, der weiß
meine Adresse. O mein Herz ist in einem Aufruhr, der sich
nicht beschreiben läßt.

Was für Ursachen konnte die Gräfin haben, das Bild Dir
malen zu lassen?—Nein, es ist ein Einfall der Witwe Hohl.
Antworte mir doch.

Herz.

Dritter Teil

Erster Brief

Honesta an den Pfarrer Claudius

Sie wollen das Schicksal des armen Herz wissen und was
ihn zu einem so schleunigen und seltsamen Entschluß, als
der ist, nach Amerika zu gehen, hat bewegen können.
Lieber Pfarrer, um das zu beantworten, muß ich wieder
zurückgehn und eine ziemlich weitläuftige Erzählung

anfangen, die mir, da ich so gern Briefe schreibe, ein sehr angenehmer Zeitvertreib ist.

Ich habe seitdem vollständigere Nachrichten eingezogen von Herzens erster Bekanntschaft mit der Witwe Hohl, von der unglücklichen Leidenschaft, die er für die Gräfin Stella faßte, von den Ursachen, die alle zusammentrafen, diese Leidenschaft zu unterhalten, welches bei jedem vernünftigen Menschen sonst unbegreiflich sein würde, da die Gräfin nicht allein so weit über seinen Stand erhaben, sondern auch seit fünf Jahren schon eine Braut mit einem gewissen Obersten Plettenberg ist, der schon eine Campagne wider die Kolonisten in Amerika mitgemacht hat, bloß damit er Gelegenheit habe, sich bis zum General oder Generallieutnant zu bringen, weil er sonst nicht wagen darf, bei dem Vater der Gräfin um sie anzuhalten. Heimlich ist aber unter ihr und ihren Verwandten alles mit ihm schon ausgemacht.—Alle diese Nachrichten sollen Ihnen den Schlüssel zu Herzens wunderbarem Charakter und Handlungen geben.

Diese Geschichte ist aber so wie das ganze Leben Herzens ein solch unerträgliches Gemisch von Helldunkel, daß ich sie Ihnen ohne innige Ärgernis nicht schreiben kann. Kein Zustand der Seele ist mir fataler, als wenn ich lachen und weinen zugleich muß, Sie wissen, ich will alles ganz haben, entweder erhabene Melancholei oder ausgelassene

Lustigkeit—indessen ist es nun einmal so und ich kann mir nicht helfen.

Die Witwe Hohl—Sie kennen die Witwe Hohl und ich brauche Ihnen ihre Häßlichkeit nicht zu beschreiben, doch wenn Sie sich nicht mehr auf ihr Gesicht erinnern sollten, sie hat eingefallene Augen, den Mund auf die Seite verzogen, der ein wahres Grab ist, das, wenn sie ihn öffnet, Totenbeine weist, eine eingefallene Nase, kurz alles was häßlich und schrecklich in der Natur ist—hier lassen Sie mich aufstehn und abbrechen, die Beschreibung hat mich angegriffen, besonders wenn ich bedenke, daß der delikate, der fein organisierte Herz in sie verliebt war—

Zweiter Brief

Die Witwe Hohl ist eine Person von vielem Vermögen, und was Sie mir nicht glauben werden, von einem außerordentlichen Verstande.

Sie können dies nur daraus sehen, daß sie wirklich den Plan gemacht, dem jungen feinen scharfsichtigen Herz sein Herz zu entführen, und daß sie diesen Plan—welches mir das unbegreiflichste ist—ausgeführt hat. Ich weiß nicht, durch welche Zaubermittel sie ihn in ihr Haus zu locken gewußt hat. Ich stelle mir's so vor, sie war in der ganzen Stadt bekannt, daß sie eine große weitläuftige Korrespondenz mit Vornehmen und Gelehrten hat, die sie sich alle durch ihren Verstand verbindlich zu machen wußte.

Herz, der immer ein Narr auf Charaktere war und in der wirklichen Welt sie aufzusuchen zuviel Ekel und Launen hatte, dachte hier einen reichen Fund zu tun, und—da sie für alle diese Korrespondenten zugleich immer Geschäfte machte—bei allen diesen Personen ihre Art sich zu benehmen, die verschiedenen Massen von Licht und Schatten, von Selbstliebe und Großmut, oder auch wohl, bei Leuten von geringeren Ton, von Geiz und Hochmut in ihrem Charakter hier gleichsam aus der ersten Hand zu haben. Nun kommt noch dazu, daß sie selbst eine ungemein große Gabe zu erzählen hat, sie weiß alle Gegenstände, die sie einmal sieht, gleich so zu fassen und vorzutragen, daß man sie auch zu sehen glaubt, kurz, als Herz das erstemal mit ihr in Gesellschaft war, wo sie denn gleich einige ihrer Briefe hervorgezogen, und von ihr hörte, daß sie ein Zimmer in ihrem Hause um einen sehr wohlfeilen Preis zu vermieten habe, zog er sogleich des folgenden Tages bei ihr ein, und nun war er für alle unsere Gesellschaften verloren.

Er kam alle drei Tage nur in unser Haus und tat dabei so frostig, daß wir ihn immer nur das Terzianfieber nannten. Zuletzt blieb er gar weg und wer dabei am wenigsten verlor, das waren wir. Jetzo erst, da ich von dem Herrn Rothe den wahren Zusammenhang seiner Verirrungen erfahren, fange ich an, ihn zu bedauern.

Stellen Sie sich vor, sie kramte die Briefe der Gräfin aus, die schon seit ihrer Kindheit mit ihr in großer Bekanntschaft steht und seit dieser Zeit her in ** alle Geschäfte durch sie hat machen lassen. Nun habe ich Ihnen die Gräfin Stella schon beschrieben, noch müssen Sie das wissen, sie schreibt wie ein Engel. Ich habe Briefe von ihr gesehen, sie weiß den allergeringsten Sachen so etwas Anzügliches zu geben, daß man sogar ihre kleinsten Kommissionen mit eben dem Interesse liest, als den wohlgeschriebensten Roman. Mein Herz war hin, als er immer weiter in dieses Heiligtum trat, Brief für Brief dieser Charakter sich immer herrlicher ihm entwickelte, denn es waren hier Briefe von den ersten Jahren ihres Lebens an und sie hatte nie geglaubt, gegen die Witwe Hohl im geringsten sich verstellen oder, was heutzutage so allgemein ist, repräsentieren zu dürfen.

Nun beging die Witwe die grausame List, Herzen ganz und gar zu verhehlen, daß die Gräfin mit irgend einer Mannsperson auf der Welt in Verbindungen des Herzens stehe. Alle die neueren Briefe, in denen etwas von Plettenberg vorkam, versteckte sie ihm sorgfältig, Herz, der von jeher, wie Sie wissen, vielleicht durch die Schicksale seiner Jugend, die sonderbar genug sein sollen, äußerst romantisch gestimmt war, glaubte es vielleicht möglich, daß er dies Herz wenigstens zur Freundschaft gegen ihn durch Zeit, Geduld und Sorgfalt stimmen könnte. Er faßte also den gigantischen Vorsatz, nicht abzulassen, bis er es durch die Witwe Hohl so weit gebracht, daß die Gräfin Stella wenigstens seine Freundin würde. Auf der andern Seite faßte die Witwe Hohl, die wohl einsah, daß Herz nur durch Reize der Seele gefesselt werden könnte und sich für die gewöhnlichen schönen und artigen Gesichte der Stadt zu gut hielt, gleichfalls den festen Vorsatz, nicht abzulassen, bis sie es durch die Briefe der Gräfin dahin gebracht, daß er sich ganz und gar an unsichtbare Vorzüge gewöhnte und wenn er sähe, daß seine Leidenschaft für die Gräfin eine bloße Chimäre sei, *sie* als ihre vertrauteste Freundin an ihre Stelle setzte. Sie behielt also die Nachricht von ihrer geheimen Verbindung mit Plettenberg als den Theaterstreich zurück, der die ganze Katastrophe entscheiden sollte. Ich fürchte sehr, das Stück könne eher tragisch als komisch endigen.

Nun ging das Drama von beiden Seiten an und die Rollen wurden meisterhaft abgespielt. Witwe Hohl redete immer von der Gräfin und zog dadurch Herzen immer fester an sich. Sie ließ sogar bei der Erzählung von den Jugendjahren derselben ihren ganzen Witz und ihr ganzes Herz mit all seinen Hoffnungen teilnehmen, welches ihren Augen so wie ihren Ausdrücken ein Feuer gab, das Herzen oft ganz bezauberte. Er trank das süße Gift begierig in sich, doch brauchte er die Vorsicht, bei alledem eine gewisse Kälte und Gleichgültigkeit zu affektieren und das, was die wütendste Leidenschaft in seinem Herzen war, als frostige Bewunderung einzukleiden, welches auf der andern Seite die Witwe Hohl an ihm bezauberte, die denn dadurch immer besser humorisiert, immer, daß ich so sagen mag, begeisterter wurde, so daß beiden nie besser zumut war, als wenn sie auf diese Materie kamen, und sie von allen Diskursen des gemeinen Lebens immer Gelegenheit zu finden wußten, dahin einzulenken. Dazu kam noch, daß diese Materie ein unvergleichlicher Probierstein ihres Witzes war, bei alledem ihren Zweck immer vor Augen zu behalten und mit unmerklichen, aber ihrer Meinung nach sehr festen und zuverlässigen Schritten ihren großen Staatsgefangenen demselben entgegenzuführen. Zu dem Ende ließ sie von Zeit zu Zeit einige nicht gar zu vorteilhafte Beschreibungen von dem Gesicht der Gräfin mit unterlaufen, sagte aber, alle diese kleinen Fehler würden von den Eigenschaften ihres Gemüts so verdunkelt—ich kann nicht schreiben, lieber Pfarrer, ich muß laut lachen, wenn ich mir das Gesicht der Witwe bei diesen Reden denke und die erstaunte und verlegene Miene, mit der Herz ihr muß zugehört haben.

Dritter Brief

Sie trieb es so weit, daß sie in ihren Briefen an die Gräfin von ihrer neuen Bekanntschaft mit Herzen redte oder vielmehr mit dieser neuen und seltenen Eroberung prahlte, da sie denn, wie natürlich, auf die Beschreibungen, die sie von seinem Charakter gemacht und die ausschweifend vorteilhaft waren, von der Gräfin auch für ihn sehr vorteilhafte Ausdrücke zur Antwort erhalten mußte. Sie hielt diese Kriegslist für notwendig, um das Feuer, das sie einmal in seinem Herzen angeblasen und das er aus Politik auf seinem Gesicht oft sehr trüb und dunkel brennen ließ, nicht auslöschen zu lassen. Wer war glücklicher als Herz? Er suchte in allen diesen Ausdrücken der ganz und gar unschuldigen Gräfin wahre Spuren dessen, was er für sie fühlte, und nun ging's mit seinem Verstande, Genie und Talenten Galopp berghinunter. Er hörte, sie sei zu den Winterlustbarkeiten in ** angekommen. Er lief überall wie ein Wahnwitziger herum, sie zu suchen, sie zu sehen, das Bild zu dieser unsichtbaren Gottheit zu finden, die er anbetete. Sie können sich vorstellen, daß er sich alles hat kosten lassen, und so mußte er bei seinem schmalzugeschnittenen Vermögen notwendigerweise in Schulden geraten. Endlich als ihm das Geld ausging und ihm niemand mehr borgen wollte, denn so viel Vernunft war ihm immer noch übriggeblieben, daß er sich, auch wenn's ihm das Leben gekostet hätte, nie um Geld an die Witwe Hohl wenden wollte, um ihr kein Recht über ihn zu geben, worauf sie nur lauerte—marschierte er aus der Stadt und in eine Einsiedelei, wo kein Mensch weiter von ihm hörte oder sah.

Rothe war hinter alles das gekommen. Er hat seit langer Zeit Zutritt in dem Hause der Gräfin, so wie er überhaupt hier in den besten Häusern hat, weil er von den Großen in wichtigen Geschäften mit Erfolg gebraucht wird und seine persönlichen Gaben seine Gesellschaft zu der angenehmsten von der Welt machen. Er versuchte alles, Herzen wieder in die Stadt zu bringen, da alles vergeblich war, wandte er sich an die Gräfin und erzählte ihr aufrichtig den Verlauf der Sache und die komplizierte Rolle, die die Witwe Hohl bei derselben gespielt. Die Gräfin, wie Sie sich leicht vorstellen können, war ganz innigstes tiefstes Bedauern für die Verirrung eines Menschen von so vielen Talenten, wie Rothe ihr den Herz beschrieb, und bat ihn, ihr ein Mittel an die Hand zu geben, ihn vielleicht zu heilen. Rothe wußte ihr kein bessers vorzuschlagen, als daß sie sich etwa für ihn malen ließe, damit er doch einige Entschädigung für seine getäuschten Hoffnungen hätte, und alsdenn wollten sie dafür sorgen, ihn zu entfernen und darüber mit Plettenberg selber korrespondieren, der von der ganzen Sache unterrichtet werden mußte, weil sie schon eine Fabel in der Stadt geworden war. Das geschah, Plettenberg schlug vor, ihn nach Amerika mitzunehmen, um gegen die Kolonisten zu dienen. Das wunderbarste war, daß Plettenberg ihn schon ehmals auf der Akademie gekannt und daselbst viel Freundschaft für ihn gefaßt hatte. Er trug ihm also die Stelle als Adjutant bei seinem Regiment an, die denn auch Herz mit beiden Händen annahm, weil er glaubte, dies sei die Laufbahn, an deren Ziel Stella mit Rosen umkränzt ihm den Lorbeer um seine Schläfe winden würde.

Sie hatten zugleich den Plan gemacht, dem armen Herz nichts von ihrer Verbindung mit Plettenberg merken zu lassen, sondern ihn in seinem lieben Irrtum fortträumen zu lassen, bis Zeit und Entfernung ihn von selbst in den Stand setzten, einen solchen Todesstreich auszuhalten. Denn jetzt war nichts anders als sein unvermeidlicher Untergang abzusehen, sobald er ihn erführe. Unterdessen sollte Plettenberg aus Amerika zurückkommen, und in Abwesenheit unsers Ritters die Hochzeit vollziehen, den er denn so lange von Europa entfernt halten konnte, als es ihm gelegen war.

Dieser Plan ist grausam genug, indessen ist er doch der einzig erträgliche für einen so gespannten Menschen als Herz ist. Sie haben auch wirklich den Anfang gemacht ihn auszuführen: wie er ausgehen wird, weiß der Himmel, ich mache immer die Augen zu, wenn ich daran denke.

Nun stellen Sie sich vor, was die arme liebenswürdige Gräfin dabei leidet. Einen Menschen unglücklich zu sehen bloß dadurch, daß sie so vollkommen ist, mit dazu beigetragen zu haben, ohne daß sie im mindesten die Absicht dazu gehabt, die schrecklichsten Aussichten für diesen Menschen vor sich zu sehen, den sie sich nicht entbrechen kann, hochzuschätzen, dessen Schwärmerei für sie selbst das schönste Kolorit seines Charakters macht. Auf der andern Seite eines Liebhabers zu schonen, der schon fünf Jahre her die redendsten Proben seiner Treue gegeben hat und mit dem sie die glücklichsten Tage voraussieht.—Sie hat sich wirklich für Herzen malen lassen, wobei die Witwe Hohl immer die Hand mit im Spiel gehabt, weil Plettenberg dies nicht erfahren sollte. Sie wissen, die Delikatesse eines Liebhabers kann durch nichts so sehr beleidigt werden, als auch nur das Bild von seiner Angebeteten in fremden Händen zu wissen.

So stehen die Sachen, lieber Pfarrer! und so wie ich höre, soll Herz wirklich gestern abends zu den hessischen Truppen abgegangen sein, die nach Amerika eingeschifft werden. Er schwimmt jetzt in lauter seligen Träumen von Liebe und Ehre, ich fürchte, das Aufwachen wird schrecklich sein.

Ich kenne Plettenberg von Person, er ist nicht schön und schon bei Jahren, hat aber vielen Verstand und ein ungemein empfindliches Herz, Geld genug hat er und könnte die äußern Glücksumstände des armen Herz sehr leicht in guten Stand setzen. Aber welche Entschädigung für einen solchen Verlust und bei einem Menschen wie Herz ist! dessen ganzes Glück in Träumen besteht und der das, was man solid nennt, mit Füßen tritt.

Leben Sie wohl und verzeihen Sie, daß ich soviel geplaudert habe.
 Nicht wahr, ich hab eine gute Anlage zur

Romanenschreiberin?

Vierter Teil

Erster Brief

Rothe an Plettenberg

Herz ist weggereist, bester Plettenberg, ohne mich abzuwarten. Sie sehen, er ist wie ein wilder mutiger Hengst, den man gespornt hat, der Zaum und Zügel verachtet. Auch machen mir's meine Geschäfte unmöglich, ihm gleich nachzureisen oder ihn noch einzuholen, ehe er zu Ihnen kommt. Ich will ihm also diese kleine Empfehlung als einen Vorreiter vorausschicken, damit Sie wissen, wie Sie ihn zu empfangen haben. Denn ich zweifle, obschon Sie in Leipzig mit ihm studiert, daß Sie mir diesen seltsamen Menschen ganz kennen.

Er ist—daß ich's Ihnen kurz sage—der unechte Sohn einer verstorbenen großen Dame, die vor einigen zwanzig Jahren noch die halbe Welt regierte. Er war die Frucht ihrer letzten Liebe und als eine solche einem gewissen Großen zur Erziehung anvertraut worden, der ihn bei ihrem Hintritt sehr scharf hielt. Endlich ließ er ihn mit seinen Kindern unter der Aufsicht eines Hofmeisters reisen, der nun freilich dem wunderbaren Charakter unsers Herz auf keine Weise zu begegnen wußte und das Ansehen, das er von dem Grafen ** über ihn erhalten, auf das niederträchtigste mißbrauchte. Herz, der überall zu Hause zu sein glaubte, setzte sich im zwölften Jahr mit einigen dreißig Dukaten, die er von ihm hatte ausholen können, auf die Post, und reiste heimlich à l'aventure nach Frankreich.

Hier kam er in die elendesten Umstände. Sein Geld ging zu Ende, er verstund wenig oder nichts von der Sprache, mit dem allen, so wie das ein Hauptzug in seinem Charakter ist, den er vielleicht mit mehrern seiner Nation gemein hat, alle seine Vorsätze nur einmal zu fassen und durch nichts in der Welt sich davon abbringen zu lassen, war er auch jetzt durch keine Umstände mehr zu bewegen, den Schritt zu seinem Hofmeister oder zum Grafen ** zurück zu tun. Er beharrte also unveränderlich darauf, in Frankreich zu bleiben, und da er den großen Abstand der französischen von den Sitten seines Vaterlandes sah, sich mit seinen eigenen Fähigkeiten und Fleiß durch alle Klassen selber hindurchzutreiben, um das Eigentümliche dieser Nation, die er an Kultur so weit über der seinigen glaubte, sich dadurch ganz zu eigen zu machen. Dieser abenteuerliche Vorsatz gelung ihm. Er wußte sich durch seine Gelehrigkeit und durch die guten Eigenschaften seines Geistes und Herzens in dem Hause eines reichen Bankiers so zu empfehlen, daß er ihn alles lernen ließ, was er verlangte, und mit seinem Gelde und Ansehen unterstützte. Bei diesem hat er den Namen Herz angenommen, den er auch nachher immer beibehalten hat und keinem Menschen als mir von seinen Schicksalen was hat merken lassen.

Dieser war es auch, der ihn nach Leipzig schickte, um Deutsch zu lernen, wo Sie ihn denn müssen gekannt haben. Als er zurückkam, brauchte er ihn hauptsächlich zu seiner Korrespondenz und hat ihm, so wie man auch nicht anders konnte, wenn man näher mit ihm umging, sein ganzes Herz geschenkt. Endlich verschickte er ihn, um dem Bankerut eines der größten Häuser vorzubeugen, nach der Hauptstadt, wo er sich auch mit so vieler Ehre dieses Geschäfts entledigte, daß er von beiden eine jährliche Pension erhielt, die er verzehren konnte, wo er wollte. Er ging nach Holland damit, weil er von jeher das Land zu sehen gewünscht hatte, wo Peter der Große Schiffszimmermann gewesen, weil er aber zu nachlässig war, die Gewogenheit seiner Wohltäter durch öftere Briefe zu unterhalten, so verlor er die Pension, kam darauf ins Clevische, von da er endlich hieher gekommen ist.

Sehen Sie hier die wunderbare Landkarte seiner Schicksale. Sollte ich Ihnen aber die Geschichte seines Herzens erzählen und wieviel Anteil die an seinen äußern Umständen und Begebenheiten gehabt hat, so würde Ihre Verwunderung und vielleicht Ihr Mitleid noch höher steigen.

Zweiter Brief

Herz an Rothen einige Meilen vor Zelle

Das Bild, Rothe! oder ich bin des Todes—Ich eile ihm immer näher, dem Ort meiner Bestimmung, und ohne sie—Ist mir's doch, als ob ich zum Hochgericht ginge.— Rothe, wärest Du etwa ein Bösewicht? Was für Ursachen kannst Du haben, mir das Bild vorzuenthalten. Es ist so schrecklich, so unmenschlich grausam. Bedenke, wo ich hin soll—und ohne sie!

Dritter Brief

Rothe an Plettenberg

Ich kann nicht anders, ich muß meinem vorigen noch einen Brief nachschicken. Sie sollten nicht glauben, was alle diese Schicksale, mit dem Abstechenden und Befremdlichen, das er an allen Charakteren und Sitten in Frankreich und Deutschland gegen die Charaktere und Sitten seines Vaterlandes gefunden, seiner Seele für eine wunderbar-romantische Stimmung gegeben haben. Er lebt und webt in lauter Phantasieen und kann nichts, auch manchmal nicht die unerheblichste Kleinigkeit aus der wirklichen Welt an ihren rechten Ort legen. Daher ist das Leben dieses Menschen ein Zusammenhang von den empfindlichsten Leiden und Plagen, die dadurch nur noch empfindlicher werden, daß er sie keinem Menschen begreiflich machen kann. Er hat sich nun einmal eine gewisse Fertigkeit gegeben, die seine andere Natur ist, alle Menschen und Handlungen in einem idealischen Lichte anzusehen. Alle Charaktere und Meinungen, die von den seinigen abgehen, scheinen ihm so groß, er sucht so viel dahinter, daß er mit lauter außerordentlichen Menschen, gigantischen Tugendhelden oder Bösewichtern umgeben zu sein glaubt, und ihm gar nicht begreiflich gemacht werden kann, daß der größte Teil der Menschen mittelmäßig ist, und weder große Tugenden noch große Laster anders, als dem Hörensagen nach kennet.

Nun nehmen Sie diesen Menschen, wenn er verliebt ward, was der in seine Schönen hineinlegte. Dreimal ist er so angelaufen, endlich verzweifelte er an dem ganzen weiblichen Geschlecht und was er ihnen vorhin zu viel beilegte, traute er ihnen jetzt zu wenig zu.

Nun stellen Sie sich vor, was die Entdeckung eines solchen Charakters, wie der Ihrer Braut war, auf ihn für einen Eindruck muß gemacht haben. Er sah, dachte, hörte, fühlte jetzt nun nichts als die Erscheinung einer Gottheit, die in weiblicher Gestalt auf die Erde gekommen wäre, ihn von seinem lästerlichen Irrtum zurückzubringen. Desto mehr aber haben wir jetzt von ihm zu befürchten, da sein Verstand mit seiner wilden taumelnden Einbildungskraft nun gemeine Sache macht.

Ich muß Ihnen doch, um Ihnen seine Art zu lieben ein wenig ins Licht zu setzen, von den drei Liebesgeschichten seiner Jugend, soviel ich davon weiß, eine Idee geben. Seine erste Liebe war in Rußland, als er erst 11 Jahr alt war, und dazu in die Mätresse des alten Grafen ** selbst, bei dem er im Hause war. Stellen Sie sich vor, wie aufbrausend schon die kindische Einbildungskraft dieses Menschen gewesen sein muß, da er in dieser wirklich liederlichen Weibsperson das Gegenbild zu dem Ideal zu finden glaubte, das er sich von der Nymphe des Telemachs, den sein Hofmeister mit ihm exponierte, gemacht. Dieses Ideal wurde nun aber schändlich über den Haufen geworfen, als er sie mit dem alten Grafen einmal im Bette antraf—Seine zweite Liebe war die Nichte des Kaufmanns in Lion, deren lebhafter Witz ihn steif und fest glauben machte, er habe an ihr eine zweite Ninon gefunden. Endlich aber fand er, daß sie nur kokett gegen ihn gewesen war, und da sehnte er sich herzlich nach Deutschland, um aus Goethens oder Wielands Romanen und aus Klopstocks Cidli sich ein Ideal zusammenzuschmelzen, das seinesgleichen noch nicht gehabt. So gut ward's ihm denn auch, als er nach Leipzig kam, und die Tochter eines Landpredigers, die sich eine Zeitlang daselbst bei einer Verwandtin aufgehalten, versprach ihm die Erfüllung aller seiner Wünsche. Aber wie jämmerlich wurden seine Entzückungen mit schreienden und schnarrenden Dissonanzen unterbrochen, als er auf einmal auch diese seine Messiasheldin, nachdem die ersten Wochen ihrer

Maskerade vorbei waren, nur als eine künstliche Agnese erscheinen sah, die unter ihrem Nonnenschleier Liebesbriefchen ohne Zahl und tausend verstohlne Küßchen entgegennahm, ja die er endlich sogar bei einer starken Vertraulichkeit mit einem dicken runden Studenten überraschte. Da lagen nun alle seine Ideale umgestürzt, und er hätte nun mit eben dem kalten Blut, als jene Belagerten sich mit griechischen Bildsäulen verteidigten, sie alle über die Stadtmauer werfen können. Das Leben ward ihm zur Last, er zog in der Welt herum von einem Ort zum andern nimmer ruhig und hätte seine Existenz gar zu gern mit eigner Hand verkürzt, wenn er nicht den Selbstmord, ohne dringende Not, nach seinem Glaubenssystem für Sünde gehalten hätte.

Jetzt, mein teurester Plettenberg, können Sie sich eine Vorstellung machen, was wir von einem Menschen dieser Art in einem solchen Fall zu erwarten haben, wenn er nicht behutsam behandelt wird. Er hat Vernunft genug einzusehen, daß in seinem jetzigen Stande es Torheit wäre, Ansprüche oder Hoffnungen auf den Besitz der Gräfin zu machen, aber auch wilde Einbildungskraft genug, sich alles möglich vorzustellen, was ihn zur Gleichheit mit ihr erheben kann, besonders da die Ideen seiner Jugendjahre und seiner Geburt bei allen seinen Unglücksfällen ihn nie verlassen haben. Am allermeisten, da seine Jahre sich immer mehr der männlichen Reife nähern und er in ihr die Erfüllung aller seiner Ideen gefunden zu haben glaubt.

Haben Sie also die Gütigkeit, ihn so zu empfangen, wie ein weiser
 Arzt einen höchst gefährlichen Kranken empfangen würde, der durch
 alles, was wirkliche Achtung, Mitleid und Freundschaft verdient, alle
 Ihre edleren Empfindungen in Anspruch nimmt.

Vierter Brief

Herz an Fernand

Rothe ist ein Verräter—er schickt mir das Bild nicht—sag ihm, er wird meinen Händen nicht entrinnen.

Fünfter Brief

Plettenberg an Rothe

Eben habe ich Ihren irrenden Ritter nebst Ihren Vorreutern und blasenden Postillonen erhalten, lieber Rothe. Ich muß sagen, diese Erscheinung wirkt sonderbar auf mich, der Mensch ist so ganz, was er sein will, und da er eine der schwersten Rollen auf Gottes Erdboden spielt, so repräsentiert er doch nicht im mindesten.

Er war bleich und blaß, als er hereintrat. Es ist lustig, wie wir miteinander umgehen. Gleich als ob ich der verliebte Ritter und er der Bräutigam sei, hat er mit einer Zuversicht mir von seiner Liebe zu meiner Braut eine Vertraulichkeit gemacht, die mich so ziemlich aus meiner Fassung setzte, aus der ich doch, wie Sie wissen, sonst so leicht nicht zu bringen bin. Er sagte mir zugleich, Sie wären ein schwarzer Charakter; als ich ihn um die Ursache fragte, gestand er mir, Sie hätten ihm das Porträt meiner Braut zuschicken sollen, und hätten es nun nicht getan. Wirklich hatte ich von jemand anders ein Paket für ihn erhalten, als ich es ihm wies, schlug er beide Hände gegen die Stirn, fiel auf die Knie und schrie "o Rothe! Rothe! wie oft muß ich mich an dir versündigen!" Ich fragte ihn um die Ursache, er sagte, er habe selbst alles so angeordnet, daß das Paket durch seinen Kommissionär in **, unter meiner Adresse an ihn geschickt werden sollte, und nun hab' er's unterwegens vergessen, und Sie im Verdacht gehabt, daß Sie es ihm hätten vorenthalten wollen.

In der Tat, mein lieber Rothe, habe ich Ursache, von diesem Ihrem Verfahren gegen mich ein wenig beleidigt zu sein, besonders aber von der Gewissenhaftigkeit, mit der Sie alles das vor mir verschwiegen gehalten. Ich hatte das Herz nicht, dieses seinsollende Porträt meiner Braut Herzen zu entziehen, weil ich fürchtete, seine Gemütskrankheit dadurch in Wut zu verwandeln, aber es kränkt mich doch, daß ein Bild von ihr in fremden und noch dazu so unzuverlässigen Händen bleiben soll. Wenn Sie mir's nur vorher gesagt hätten, aber wozu sollen die Verheimlichungen?

Unsere Truppen marschieren erst den Zwanzigsten, wir haben heute den Ersten, ich dächte, es wäre nicht unmöglich, Sie vor unserem Abmarsch noch einige Tage zu sehen. Ich habe Ihnen viel, viel an meine Braut zu sagen, und brauche in der Tat einen Mann wie Sie, mir bei meiner Abreise ein wenig Mut einzusprechen.

Freund, ich merke an meinen Haaren, daß ich alt werde. Sollte Stella, wenn ich wiederkomme und von den Beschwerden des Feldzugs nun noch älter bin—Kommen Sie, Sie werden mein Engel sein. Es gibt Augenblicke, wo mir's so dunkel in der Seele wird, daß ich wünschte—

Plettenberg.

CONTENTS